现代
设计元素

XIANDAI

SHEJI
·
YUANSU

肌理设计

XIANDAI SHEJI SHEJI YUANSU JILI SHEJI

目录

前言

　　生活于繁华的自然社会之中，周围到处是一些自然的或人工所为的材料，面对这些材料，总有一种感觉，那是永远地充满了神秘与好奇。它给予了我们对艺术以及对人生的思索，同时也给予了我们无穷的艺术灵感。无数次面对神奇的自然万物，其本身的材质及肌理，都会让我们着迷，久久难忘。如：布料的柔软，金属的光泽，树木的温和，石头的纹理，断墙与铜锈的斑驳等，无不是我们设计灵感的来源。

　　现代设计元素这一套书包含了设计的方方面面，从内容上可以说是比较全面和详细的，能充分体现社会发展的需要，满足设计者目前的要求，作为《现代设计元素—肌理设计》这本书，重点是从"材料"、"材质"、"肌理"几个方面来阐述其在设计中的运用及作用，其中收集了大量的图片资料来进行说明。一个完美的设计作品包含的内容是很广的，体现的时代性很强，其中还包含了许多新的理念与文化。在一种文化理念的背景下，有了一个创意后，设计师们往往首先考虑到的一定是用什么样的材料，运用其怎样的肌理材质等来充分表达这一创意。无形之中，材料及肌理也就显得无比重要了。另外，材料与肌理的重要性，不只是体现在设计的领域，在绘画与雕塑的艺术活动中，也是同样的重要。为了满足设计者与艺术爱好者的需要，以及提高其在创作中的灵感，从而对材料与肌理形成一个视觉的认识，编者特地收集了大量不同的材料与肌理（包括人工方面的），希望对同行们有所帮助。

　　《现代设计元素—肌理设计》从书本的文字编写，图片的收集到最后的交稿完成与出版，无不包含了许多人的汗水。现在终于要与广大的读者见面了，我们颇感欣慰与遗憾。欣慰的是本书经过大家的努力终于完稿成书了。遗憾的是本书的编写仍然有许多的不足和欠缺，还希望各位读者批评和指教。

　　停笔之前，真诚地感谢为此书的编写给予过帮助的老师、同学和各位朋友。

编者写于广西艺术学院设计学院

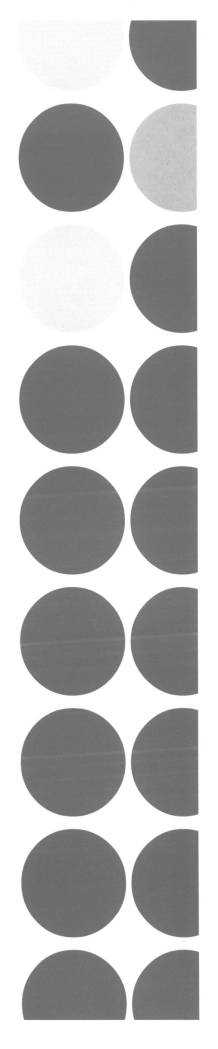

第一章 材 质 基 础

第一节 认识材质

在生活中，谈到"材质"我们也许并不陌生，因为它贯穿于我们生活的方方面面，随时随地都能感受到它的存在。同样，在绘画和设计中，它仍然是不可缺少的元素。"材质"的恰当应用可以使造型更具有魅力，效果更加突出。特别是在现代设计艺术当中，选择正确的材料，采用适当的方法处理材质，是表现设计美感的有效途径之一。（如图1-1至图1-6）

图 1-1

图 1-2

图 1-3

图1-4

图1-6

图1-5

图1-7

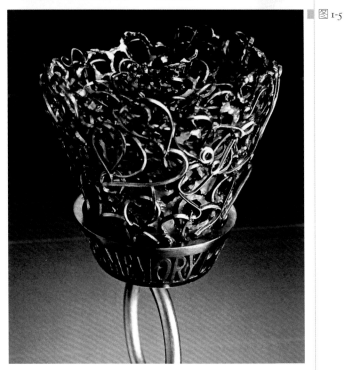

　　关于"材质",认知的途径有许许多多,但首先其基本含义我认为可以从字面上理解。它可以分成两部分:由"材"和"质"构成。所谓的"材"实际上讲的应该就是材料的本身,研究的对象是材料的内部结构,物理与化学性能等;所谓"质"应该就是我们常说的质地(肌理)、质感,研究的对象是材料表面的纹理,以及人们对这些表面纹理的心理感受与审美感受等。而材料的质地(肌理)与质感在现代设计中,是"设计材料学"研究的重要内容。所以对于"材质"我们研究的对象主要应该是材料、肌理、质感这三个方面。(如图1-7至图1-10)

图1-8

图1-9

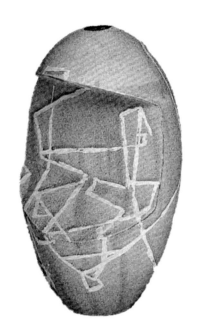

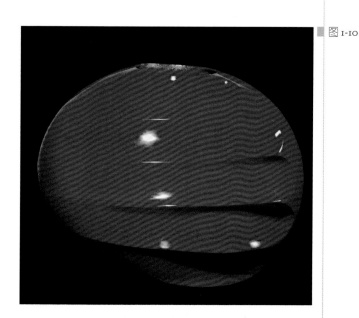

图1-10

对于材质，在艺术设计活动中，艺术家不会专门去感受特别的物质材料，相反地，乃是特殊的材料在审美方面提出了自己的种种要求，制定了它本身的特性和界限。美学家鲍桑葵认为有些艺术的差别是由于使用陶土、玻璃、木头、金属和石头等材料自然而然产生的，并且还对想象和设计产生了影响。他在《美学三讲》中问道：为什么一般来说一个泥塑匠和一个铁匠刻出的装饰图案会有所不同呢？问题在于使用不同质地的材料。材质决定了材料的独特性，从而也就影响着对作品的最终表达效果。在艺术表达中，设计师应该尊重材料，因材施艺，各行其事。（如图1-11、图1-12）

图1-11

第二节 材料

一、材料的概述

俗话说：巧妇难为无米之炊。它说明物质材料是第一性的重要。实际上它是指一种客观的存在，就像世界是由物质所构成的一样，一切人工制品都是由一定的材料所组成的。材料是人类造物活动的基础，我们的生活和制造都离不开材料，从"衣、食、住、行"各方面来看，"衣"的方面，衣服用的是棉、麻、丝、毛及人造纤维等材料；"食"的方面，食用餐具是由瓷、铁、木等材料做的；"住"的方面，住的房屋、用的家具是木材、钢材、玻璃等材料加工制造的；"行"的方面，交通工具、用具等，也是由金属、木质、玻璃等若干材料加工制作来的。莫里斯·科恩在为《材料科学与材料工程基础》一书所作的序言中写道：我们周围到处都是材料，它们不仅存在于我们的现实生活中，而且扎根于我们的文化和思想领域。事实上，材料与人类的出现及进化有着密切的联系，因而它们的名字已作为人类文明的标志，例如：石器时代、青铜时代和铁器时代。天然材料和人造材料已成为我们生活中不可分割的组成部分，以至于我们常常认为它们的存在是理所当然的。材料已经与食物、居住空间、能源和信息并列一起组成人类的基本资源。这深刻地反映了材料与人的一种密切联系。（如图1-13、图1-14）

图 1-12

二、材料的分类

在材料的分类中，按材料的作用分，有结构材料与功能材料两大类；按材料在各行业中的不同用途分，有建筑材料、电工材料、耐火材料、光学材料、感光材料、航天材料等；根据材料的不同物质，可分为高强度材料、导电材料、半导体材料、磁性材料、绝缘材料等；最通行的分类是按材料的化学属性分，有金属材料、无机非金属材料和有机高分子材料三大类（有机高分子材料称为聚合物或塑料）。在艺术设计中所使用的各种材料基本上都可以归为这三大类。当然，除从上述材料的化学性质做分类归属外，还可以把材料简单地分为自然材料和人工材料两大类。

下面我们将从自然材料与人工材料这两个方面作简单的概述。

自然材料：指在生活中无需加工处理，以其本身自然属性而存在的材料。如竹、木、藤、草、玉、石、牙、骨、丝、麻、毛、漆、皮、土甚至颜料等。（如图1-12、图 1-15、图 1-16）

图 1-13

图 1-15

图 1-14

图 1-16

图 1-18

人工材料：在生活中经加工处理而发生属性的变化所形成的一种材料。如：各种金属、纸张、塑料、玻璃以及它的组合形成的各种复合材料等。（如图1-17、图1-18）

三、材料的利用与发展

人类利用和制造材料，可以上溯到原始社会时代，当时人类有意识地选择一段树枝当作支撑物或工具，使用石头打制石器，人就和材料发生了一种互为的关系，造物活动开始，也就是人类利用材料和制造材料的开始。随着人类文明的发展，对材料的认识和使用已越来越广泛，实际上，人类造物活动史也可以说是一部不断发现材料，利用材料，创造材料的历史，在创造的过程中，不仅创造了器物，而且创造了利用材料的方法与途径。（如图1-19至图1-22）

图 1-17

图 1-19

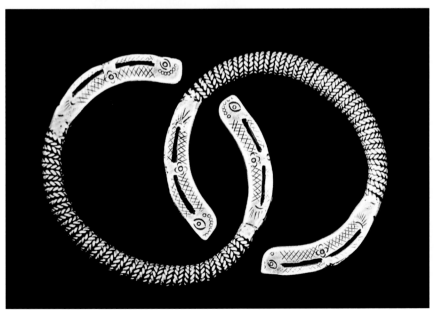

图 1-20

图 1-21

图 1-22

图 1-24

图 1-25

　　在艺术史上，材料的研制一直处于比较重要的地位，也取得了一系列的成就，但从科学以及学科的角度看，对材料的掌握利用和制造主要依靠经验。随着科学的发展，近现代，对材料的生产和研究已逐渐走上科学化轨道，于是形成了材料科学与材料工程的新学科，国外简称"MSE"。它是研究有关材料的成分、结构、制造工艺与其性能和相互关系的知识，研究这些知识的由来和应用的学科。对材料的科学认识和研究，以及充分了解材料性能是每个设计师必须掌握的基础知识。材料性能来源于材料的内部结构，不同的内在结构决定着材料不同的物理与化学性能，如金属的分子决定了金属的刚性和延展性，生漆的结构决定了它的液体质和覆盖性。材料的特性决定了一定的工艺加工方法和艺术方法。如金属加工中的锻炼、浇铸成型、锻打、退火、淬火等，木工艺中的锯、刨、凿、铲、钉等，纤维艺术中的编、织、绣、纺、拎、揉、搓等，一系列与之相应的工艺技术都建立在一种来自材料客观性的基础上。（如图1-23至图1-26）

图 1-26

图 1-23

四、材料的成型法

　　了解和熟悉各种材料，对我们使用材料是十分有利的，而且对以后的专业设计学习也是非常必要的。材料的成型方法概括起来有这么几种：加法、减法和模具成型法。

　　1. 加法是指通过焊接、粘结而产生叠积的加工方法。如金属的焊接，木材、石材拼接等都是采用"加法"进行造型的。（如图1-27）

图 1-27

2. 减法也就是在原有的材料上进行削减，这种方法与加法是对应的。最常见的有石雕、木雕、金属加工的车、铣、刨等工艺手段。（如图 1-28）

图 1-28

3. 模具成型法是依靠模具来完成材料造型的加工方法，如铸造、冲压、注射成型、吹塑、挤压成型等。（如图 1-29、图 1-30）

图 1-29

图 1-30

五、材料造型的存在方式

材料造型的存在方式，概括起来可以归纳为线材造型、面材造型、体材造型三种形式。在生活中，每种造型方式可以单独使用，也可以综合使用，分别表达其不同含义。（如图 1-31 至图 1-33）

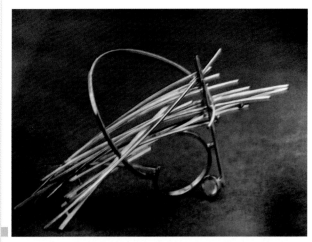

图 1-31

图 1-32

图 1-33

肌理通常是指物体表面的纹理，"肌" ——皮肤，"理" ——纹理、质地。不同的质有不同的物质属性，例如干和湿、平滑和粗糙、软和硬等，这些肌理形态，会使人产生不同的感觉。肌理效果的应用在我国历史悠久，早在新石器时代，先民们就会使用压印法在陶器上形成绳纹，然后又会通过瓷器的窑变形成自然的裂纹等。这一系列肌理效果的审美追求体现了对不同材质的认识和利用。（如图 1-36 至图 1-38）

第三节　肌理构成

肌理是一种客观存在的物质表面形态，任何一种材料的"质"，都必然有其物质的属性，不同的"质"有不同的物质属性，也就有其不同的肌理形态。（如图 1-34、图 1-35）

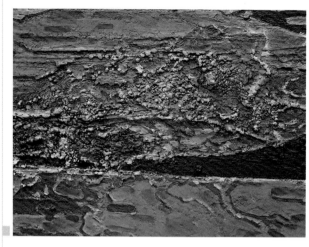

图 1-36

图 1-34

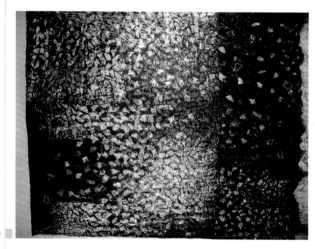

图 1-37

图 1-35

图 1-38

一、材质肌理美感

肌理美是材质美的重要组成部分，材质肌理也就是指材料本身的纹理、凹凸、图案等，有自然形态的肌理，如木板纹理、天然大理石纹理等；有运用现代科学技术手段加工而成的仿自然的纹理，如仿玛瑙纹理、仿木质纹理、石质纹理等；有用平面设计原理构成的纹理，如宝丽板、防火板、波音板等；有运用现代工业技术成型的各种材料上凹凸的肌理，如面砖、玻璃等。凡是经过再次加工处理形成的肌理，都被称作"二次肌理"，未经加工处理，本身具有的肌理纹样，我们称为"一次肌理"。这两次肌理共同构成了材质的美感，材料肌理的美感是一种综合对比的结果。在众多的材料中选用适当的肌理组合形态，发挥材质在环境艺术、装饰艺术、装潢艺术中的作用，是设计和施工过程中的一个关键。好的装饰，好的设计，不是昂贵材料的堆砌，而是合理恰当地巧用材料，把材料本身的价值充分体现出来，既组合好各种材料的肌理，又协调好各种肌理的关系。（如图1-39至图1-41）概括起来，肌理的组合方式如下：

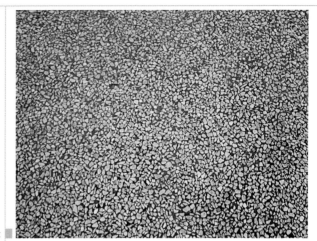
图 1-41

1. 同一材料肌理的组合。通过同一肌理的横直纹理设置，纹理走向，肌理微差，凹凸的变化来实现肌理的组合协调。（如图1-42）

图 1-42

图 1-39

2. 相似肌理的组合。比如同属木质纹理的花梨木与杨木，因生长地域、年轮周期、材质等不同形成的纹理差异，可将这些相似肌理协调组合。（如图1-43至图1-46）

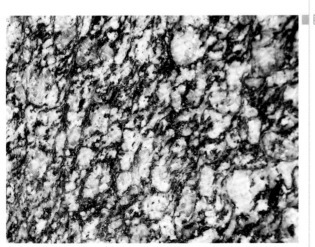
图 1-40

图 1-43

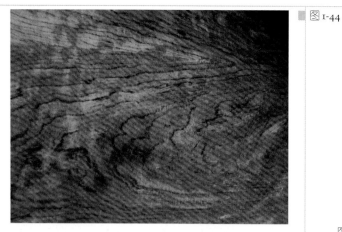

图 1-44

图 1-48

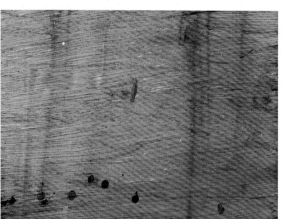

图 1-45

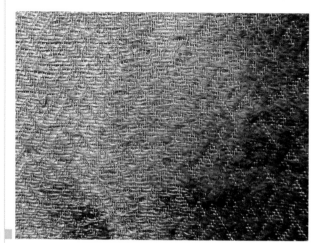

图 1-46

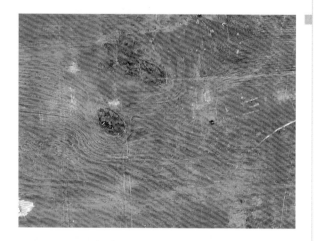

图 1-49

二、材质肌理的特点

肌理的造型，不同于形态的塑造，一般而言，肌理具有小、多和密集的特点，才能成为肌理。我们生活中的城市，从高空俯视时，城市变成了地面的肌理，地面的人群也成为地面的肌理。可见常态下的立体群，在宏观下就是肌理，这一点可以说明肌理与群体有一种必然的联系。所以，肌理的创造是一个群体造型问题。形体小而数量少，不能构成肌理，只有多才能进行组织，只有多才能使"小"产生效果。虽小且多，但相对来说集中在很小的面积上，则仍然只能成为图形而非肌理。因此，可以说肌理只是一种相对概念，在比较中存在。（如图 1-50 至图 1-52）

3. 对比肌理的组合。材料的美感很大程度上是靠对比来实现的，通过对比，产生相互烘托的互补作用。不同材质不同肌理的组合，切忌"不分主次，喧宾夺主"。（如图 1-47 至图 1-49）

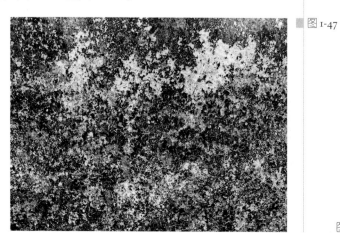

图 1-47

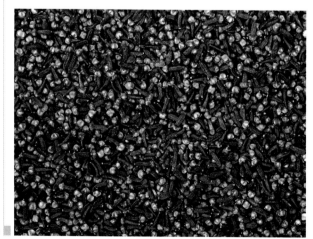

图 1-50

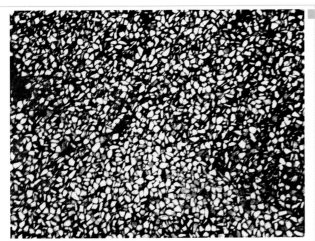

图 1-51

图 1-52

图 1-54

2.肌理中的几何形态。它是一种完全可以重复的形态，一般通过机械加工而成，具有理性的明快、清晰、准确、有规律的特点。如天花板上的几何纹理就是几何形态的肌理。（如图 1-55、图 1-56）

图 1-55

肌理的个体形态又小又多，故一般肌理个体形态的创造多采用制作简便的方法。制作简便的个体形态，一般有三种类型：偶然形态、几何形态与有机形态。

1.肌理中的偶然形态。它是不能有意识重复的形态，具有偶发性和复杂性。如将纸随意揉皱，即使同一纸张，要想再次揉出完全一样的纹理是不可能的，这种形态虽然缺乏准确性，但却有超人的诱惑力。破坏是容易的，但从中发现美提炼美就不那么容易。（如图 1-53、图 1-54）

图 1-53

图 1-56

3.肌理中的有机形态。就是强调内力运动变化的形态，它不像偶然形那样自由，也不像几何形那样规则，让人感觉到的是速度和力量，像河滩上散落的小石头所形成的肌理，具有一种自然美。（如图1-57至图1-59）

图1-57

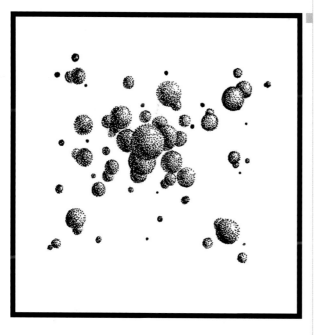
图1-58

图1-59

三、材质肌理的作用

肌理在造型中的作用不是独立存在的，是属于造型的细部处理，相当于产品的材料选择和表面处理，一般而言，其作用体现在以下几个方面：

1.肌理可以增强立体感。如一些机器的旋钮，一般都是正面造成同心圆的肌理，侧面则是条纹的肌理，以此增加对比关系，在漫射光的照射下，会有较强的立体感。（如图1-60至图1-62）

图1-60
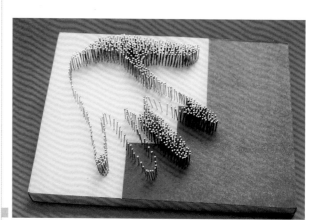

图1-61

图1-62

2. 肌理可以丰富造型，消除单调感。高档物品的肌理，一般都处理得比较精细，故宫大门的肌理，给人以震慑力，充分体现一国之主的威严与权力，而歌厅、酒吧的肌理就应该是另样的感觉。（如图1-63至图1-65）

图 1-63

图 1-64

图 1-65

3. 肌理可以作为形态的语义符号。在日常生活中，如盖子、开关、旋钮等，要利用肌理的符号意义来指导人们去使用。又如盲文，以其肌理形态，体现一定的含义。（如图1-66）

图 1-66

四、材质肌理的分类

肌理一般分为自然肌理、人工肌理、特殊肌理和综合肌理。

1. 自然肌理。指自然界存在而没经过加工的肌理，它体现的是材料的自然属性。如树皮、石纹等。（如图1-67至图1-69）

图 1-67

图 1-68

图 1-69

2. 人工肌理。指通过人为处理加工，改变材料的本身形态，而形成的一种新肌理。如手绘肌理、材料加工制作而成的肌理。（如图1-70至图1-72）

3. 特殊肌理。主要是指特殊材料（陶、漆、蜡染、纤维、树脂等）经特殊方法、手段而制成的肌理。（如图1-73至图1-75）

图1-70

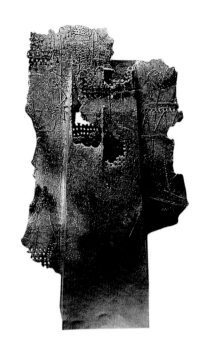

图1-73

图1-71

图1-74

图1-72

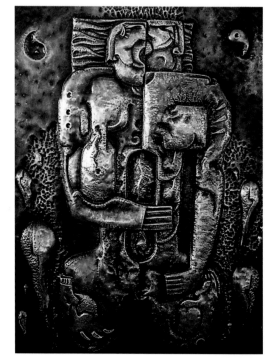

图1-75

4. 综合肌理。指各种肌理的综合表达，强调的是肌理的对比关系。（如图 1-76 至图 1-78 ）

图 1-76

图 1-77

图 1-78

另外，按人的感官感觉来分，肌理可分为视觉肌理和触觉肌理。

1. 视觉肌理。视觉肌理是对物体表面特征的认识。视觉肌理的表现手法是多种多样的，如用钢笔、圆珠笔、毛笔、喷笔的肌理痕迹，也可用画、喷、洒、磨、擦、浸、烤、染、淋、熏炙、拓印、贴压、剪刮等手法制作。（如图 1-79 至图 1-81 ）

图 1-79

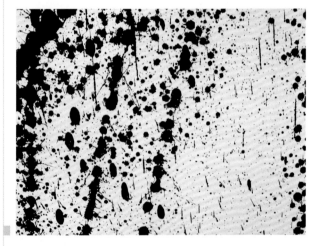

图 1-80

图 1-81

2. 触觉肌理。是由形体表面的组织构造所形成的触觉质感效果。是用手抚摸时有凹凸感觉的肌理。光滑的肌理能给人以细腻、滑润的手感，如玻璃、火磨石；坚硬的肌理能给人刺痛的感觉，如金属、岩石。

由以上可以得知，触觉肌理是由实际材料的状态（或造型）和触觉点的位置所决定的，而视觉肌理主要是由"看"决定的，所以在设计运用中要注意材质肌理给人的各种不同感觉。（如图 1-82 至图 1-84 ）

图 1-82

图 1-83

图 1-84

五、肌理的获得方式

1.通过描绘的方式获取肌理。

采用铅笔、毛笔、喷笔等不同笔在纸、塑料、布面等不同载体上徒手描绘，从而获得肌理。（如图1-85、图1-86）

图 1-85

图 1-86

2.通过摄影的方式获取肌理。

以摄影的手段获取肌理，茂密的枝叶、生锈的刀具、古老的城墙、粗糙的树皮等都可成为我们摄影的对象，经过暗室与电脑的后期加工可以获得满意的肌理。（如图1-87、图1-88）

图 1-87

图 1-88

4. 使用电脑创造肌理效果。(如图 1-91、图 1-92)

3. 通过不同的材料制作肌理。

通过材料、实物的处理与组合，获取肌理效果，如用铁丝编织成网，在石板上凿痕等。(如图 1-89、图 1-90)

图 1-89

图 1-91

图 1-90

图 1-92

5.通过剪贴的方式获取肌理。(如图1-93、图1-94)

通过对印刷品中的图像、图形的剪贴、重新拼合，获取意想不到的肌理效果。

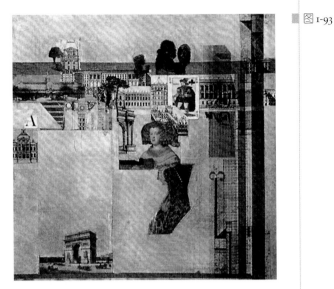

图 1-93

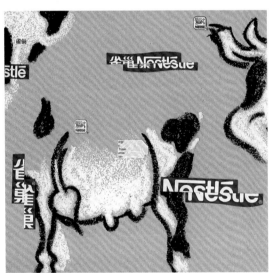

图 1-94

6.通过拷贝的方法获取肌理。(如图1-95)

用纸等材料作为载体，附在某种有肌理效果的事物表面，采用墨、铅等工具，加以拓印拷贝，便可获得满意的效果。

图 1-95

六、肌理的制作

肌理的制作，往往借鉴于自然肌理，利用材料、工具和技法等进行制作。学美术的人，经常接触到各种颜料与纸张等，同一种颜料或纸张，如在其使用方法上多作尝试，也能开发出无限多的使用方法。当然若能在材料的种类上加以扩充，必然使图形构成的技法发展到另一种境地。下面我们介绍一些肌理制造的方法：

1. 渲染法

是利用生宣纸或浸湿的纸，使用水性颜色在其上自然渗透，从而产生丰富的 层次变化和虚实变化的方法。渲染的效果主要取决于纸质和颜色水分。(如图1-96至图1-99)

图 1-96

图 1-97

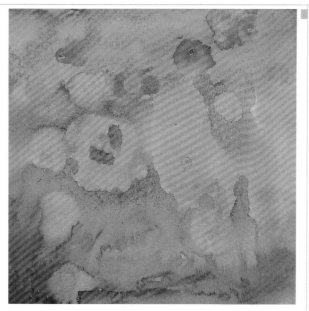

图 1-98

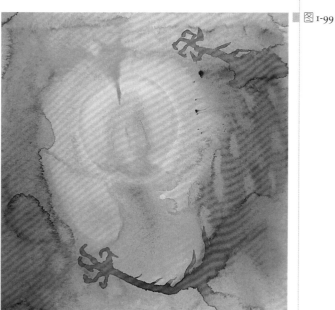

图 1-99

图 1-101

3. 滴流法

是把更多的颜料滴于纸上，然后提起纸的一边让颜色自然流淌，其效果有些类似吹彩，但比吹出的线条粗，而且方向感和流动感极强。（如图 1-102、图 1-103）

图 1-102

2. 吹彩法

在纸面上滴上颜料，然后用嘴含细管吹动它，使其自然地产生一定方向流动的痕迹。（如图 1-100、图 1-101）

图 1-100

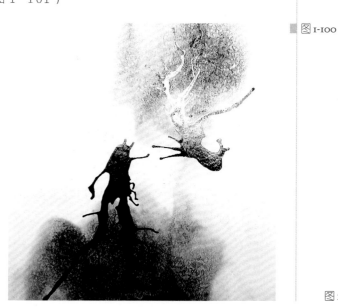

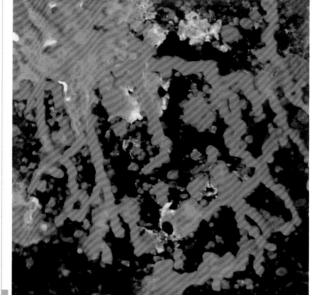

图 1-103

4. 吸附法

把较稀的水性或油性颜料滴于清水中,然后搅动水面,使颜料在水中自然流动,当流动的色纹效果比较理想时,立刻放一张吸水性强的纸,把色纹吸于纸上,便可得到一张极具流动感的画。(如图1-104、图1-105)

图 1-104

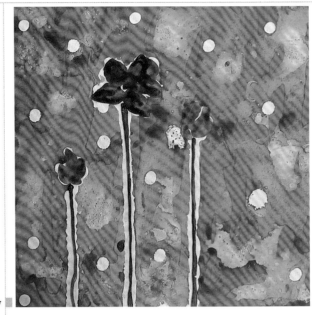
图 1-107

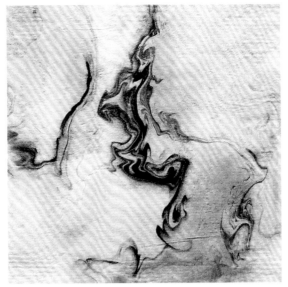

图 1-105

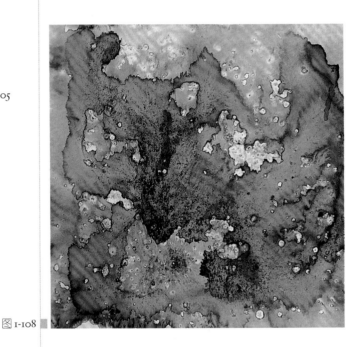
图 1-108

5. 抗水法

利用某些材料的抗水性(如蜡笔、蜡、汽油等)在纸面上做出一定的肌理,然后用水性颜料覆盖于上便自然地显出痕迹。(如图1-106至图1-109)

图 1-106

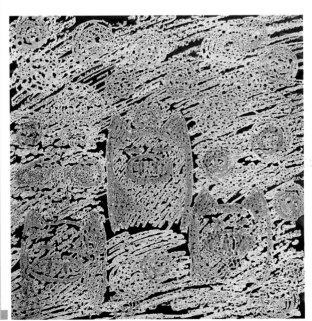
图 1-109

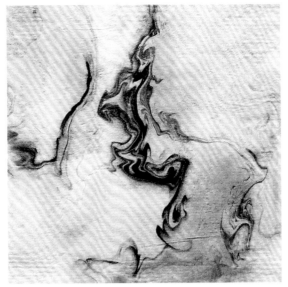

6.脱胶法

用较浓的水溶性胶水，在纸上做出图形，待其干后，再用较稀的油性颜料，满刷纸面，并在未干时用水冲洗，胶水溶化，形成痕迹。（如图1-110、图1-111）

图1-110

图1-111

7.飞白法

它是借用书法和图画中的技法来制成肌理的一种方法。（如图1-112、图1-113）

图1-112

图1-113

8.喷刷法

是用专门的喷笔或牙刷蘸颜料在梳子上轻刷而形成的点状溅落在纸上而形成图形纹理的一种方法。（如图1-114、图1-115）

图1-114

图1-115

9. 弹线法

主要是借用木工上的技术方法，利用吸水性较强的棉线等，蘸上颜色，拉紧后弹于纸面上，形成粗犷有力的直线性图形。（如图1-116）

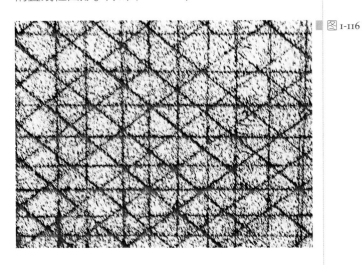

10. 擦印法

是用较薄的纸覆盖在有肌理起伏的物体表面，再用铅笔在纸上轻磨将图形纹理转印在纸上的一种方法。（如图1-117、图1-118）

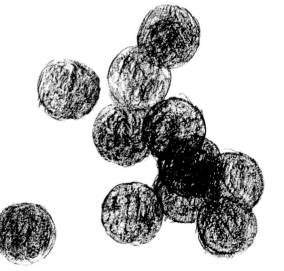

11. 盖印法

就是像盖印章一样，将图形纹理盖到纸面上，从而产生一定的纹样的方法。（如图1-119至图1-121）

图 1-119

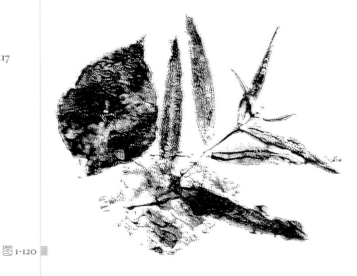

图 1-120

图 1-121

12.炸裂法

用玻璃瓶、塑料袋等装上颜料，直接砸于纸面上，使颜色溅开形成强烈图形的方法。（如图1-122、图1-123）

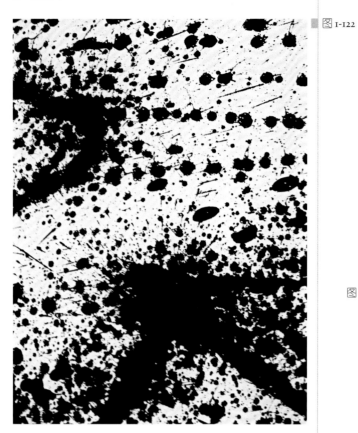

图 I-122

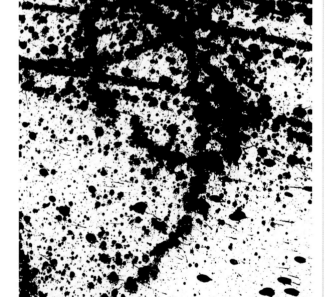

图 I-123

13.刮伤法

在较厚的纸上涂一层颜色，待干后，用利器刮出一定的纹样的方法。（如图1-124、图1-125）

图 I-124

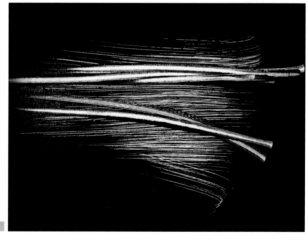

图 I-125

14.剪贴法

在版式设计中常用，将图片、纸张等剪或撕出一定的外形，经粘贴组合成一定的图形的方法。（如图1-126、图1-127）

图 I-126

图 1-127

15. 磨擦法

在纸上先涂上颜色，再用砂纸磨擦而产生。（如图 1-128）

图 1-130

图 1-128

触觉肌理的制作。

16. 拓印法

用颜料或油墨等涂于富有肌理的材料上，然后用纸拓印下来，就形成一种肌理制作方法。（如图 1-129 至图 1-131）

图 1-131

17. 烟熏法

用蜡烛或油灯等的烟直接在纸上熏炙所形成的一种肌理制作方法。（如图 1-132）

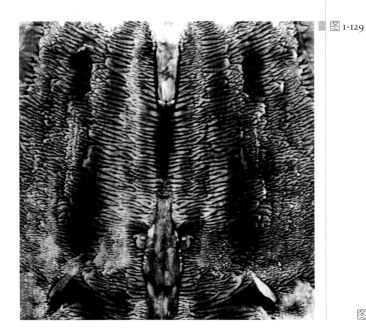

图 1-129

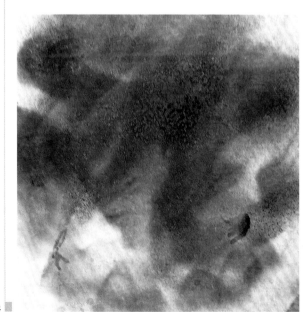

图 1-132

18. 干擦法

用颜料等通过画笔等工具在纸上干擦所形成的一种肌理制作方法。（如图1-133、图1-134）

图1-133

图1-136

20. 雕刻法

在材料上通过各种刀具进行雕刻而形成的一种肌理，这种肌理一般主观意识性比较强，形式感比较灵活，与材料结合所形成的肌理也比较有趣味性。（如图1-137、图1-138）

图1-134

19. 揉搓法

利用纸、布料、塑料膜以及金属箔类等物品，通过无规则或有规则的方法用力揉搓或折皱，然后展开，这样所形成的一种材料肌理。用此方式所形成的肌理，一般比较自由，肌理效果也比较明显，能有效地消除材料本身的单调感。但其最终效果多取决于材料本身。（如图1-135、图1-136）

图1-135

图1-137

图1-138

21. 压印法

用硬质材料在软质材料上进行压印的方法所形成的一种肌理,效果一般比较自然,用得好能更加丰富材料本身的效果。(如图1-139、图1-140)

图 1-139

图 1-140

22. 编结法

利用绳、草、藤、线等线状材料,按一定的规律采用编织、打结等方式所形成的一种肌理,这种肌理几何味一般比较强,给人的感觉比较秩序化。(如图1-141、图1-142)

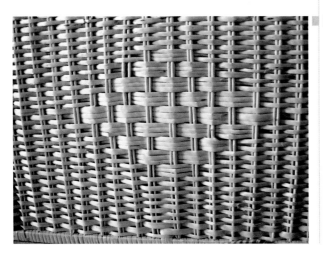

图 1-141

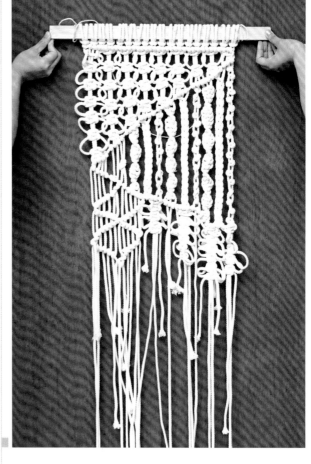

图 1-142

23. 模具法

这一方法是利用模具成型的方法,通过事先设置好肌理的模具翻模而成。这一肌理的效果主观性比较强,能丰富材料表面的效果。(如图1-143、图1-144)

图 1-143

图 1-144

24. 堆积法

利用一种颗粒状的材料同一种媒介物堆积于另一材料上所形成的一种肌理，此种肌理一般为点状肌理较多，在很大程度上能减少材料本身的单调感。（如图1-145、图1-146）

图 1-148

26. 锻敲法

此方法主要用于金属材料上，一般用工具材料通过锻打、敲击的方式所形成的肌理，其效果同雕刻法差不多，但两者最大的差别，主要体现在材料的属性上。（如图1-149、图1-150）

图 1-145

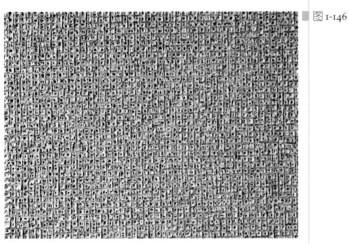

图 1-146

25. 摩擦法

利用砂纸或砂轮等工具、材料在另一材料上进行打磨、刮划等所形成的肌理，此种肌理一般方向性较强，极富运动感。（如图1-147、图1-148）

图 1-147

图 1-149

图 1-150

27.镶嵌法

利用小的片状材料,通过媒介物粘接,嵌于另一材料上,主要通过小的片状材料的本身肌理、色彩、缝隙等可形成丰富多彩的肌理效果,此一效果变化多样,很大程度上能缓冲材料本身的单调感。(如图1-151、图1-152)

图 1-151

图 1-152

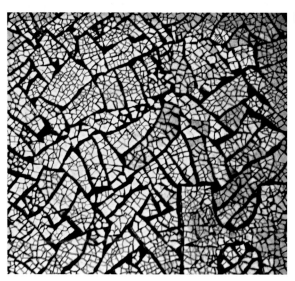

28.纺绣法

主要用于布料的纺织、刺绣上,通过手工或机织的方法纺织布料制作纺织肌理,还可以采用刺绣的方法制作肌理,这些方法在服装面料设计中运用较多,所形成的肌理变化多样,效果各不相同。(如图1-153、图1-154)

图 1-153

图 1-154

29.飞溅法

利用液态材料通过泼洒的方式,让其在另一种材料上飞溅四射所形成的肌理,多呈不规则点状,方向性与速度感较强,能有效地丰富原有材料的不足。(如图1-155、图1-156)

图 1-155

图 1-156

30. 腐蚀法

利用化学反应的方式，对材料进行腐蚀所形成的肌理，肌理效果偶然性强，经验丰富者也可有效地控制肌理效果。（如图1-157、图1-158）

图1-157

图1-160

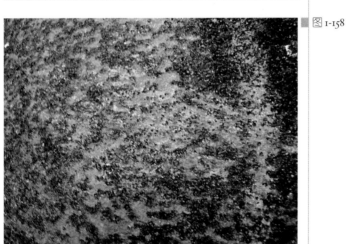

图1-158

32. 锻烧法

通过火烧高温处理，让材料在高温中产生自然变化所形成的肌理效果，此一肌理偶然性强，效果比较自然、随意。（如图1-161、图1-162）

图1-161

31. 印染法

这是利用印刷的技术，对材料表面进行拓印、染色等制作，这种肌理可变化多样，大大丰富了材料的表面效果。（如图1-159、图1-160）

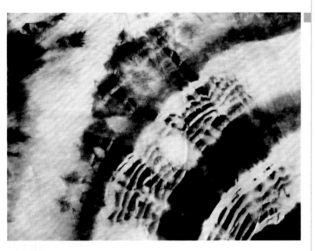

图1-159

图1-162

33. 拼接法

通过材料与材料的焊接、嵌入等方式形成的肌理，此种方式立体感强，既可丰富材料，空间感又好。（如图1-163、图1-164）

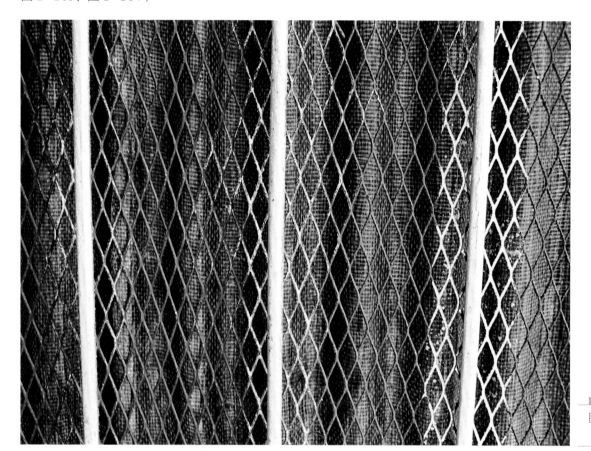

图 1-163

图 1-164

第二章 质 感 构 成

一、质感的概念

质感是指人们对物体表面纹理的心理感受和审美感受，是对材质肌理的感觉，不同的物质有不同的表面形态，于是，也就产生了不同的质感。质感的应用给我们的生活环境带来了丰富的情调，满足了人们的视觉需求。

质感通常是通过实际触摸或"视觉触摸"来获得的对材料的感觉经验，主要有物理质感、抽象质感和模拟质感。物理质感是对材料本身的感受，它给人的感受是通过触觉和视觉两方面来实现的，如木材，纹理别致、自然淳朴，给人轻松舒适感；石材，给人稳重、雄伟、庄严感；钢铁，给人深沉、坚硬、挺拔刚劲、冷凉感；铝材，给人白亮、轻快、明丽感；金银，给人光亮、辉煌、华丽感；玻璃，给人明洁透亮、富丽感；呢绒，给人柔软、温暖、亲近感等。每种材质给人的感受是不同的。（如图2-1至图2-6）

抽象质感是人们对材料本身进行了主观处理的，是人工制成的质感。早在新石器时代，采用压印法的陶器，在表面形成草绳纹，漆器表面通过变涂技法形成各种斑驳的纹理，这一切说明人们对纹理美的初步认可。抽象质感是在写实的基础上对材料的提炼。模拟质感就是模仿真实的质感，通过素描方法来表现材料的实际外观。（如图2-7至图2-14）

图 2-2

图 2-1

图 2-3

图 2-5

图 2-8

图 2-6

图 2-9

二、物理质感

这是材料本身的特性，它包括真实的材料，也包括

图 2-10

图 2-7

图 2-11

图 2-12

后拓印下来，把真实的质感转化为图形。

三、抽象质感

抽象质感就是对材料进行抽象化提炼，它既保持了

图 2-15

图 2-13

图 2-16

图 2-14

图 2-17

绘画本身的材料，理解材料本身的质感，如光滑与粗糙、软和硬等，对于设计来说，是有必要的。

用真实材料来进行这方面的练习，可以充分调动设计者的想象空间，体会质感的构成是一种不可缺少的艺术创作体验，如木材给人自然淳朴、轻松舒适的感觉，塑料给人细腻、致密、光滑、优雅的感觉，棉花给人的感觉是温暖、朴质。（如图 2-15 至图 2-17）

练习中，可以通过触觉和视觉的方法感觉材料，然

材料的质感，又有设计者思想的内涵。它不是捏造的，是根据材料的特点，如粗、细、软、硬、干、湿等质感来进一步提炼。通过这种方式，我们可以任意想象，组合画面构成来体现材料质感的构成美感。

从材料质感到抽象的提炼再到画面上的构成，是艺术的生产过程，如木材的纹理可以设计成装饰品的表面，瓷器的裂纹可以运用到家具上等，这种转换式的设计可以成为艺术家灵感的高速公路，它让你体会到艺术的奇幻和美妙。（如图 2-18 至图 2-20）

四、模拟质感

模拟质感是通过真实的质感转化过来的，通常以素描的方法来体现真实的质感，达到设计者素描技术的最高境界。

通过这种训练，可以加强对质感的概括能力，也可以通过对几种材质的组合，选取其中最具质感的局部进行扩大描绘，这样能真正把握材料本身的质感。（如图 2-21 至图 2-23）

图 2-18

图 2-19

图 2-20

图 2-21

图 2-22

图 2-23

第三章 材料与艺术设计

第一节 材质肌理在装饰设计方面的运用

　　装饰艺术是人类历史上最早的艺术形态，也是人类社会最普遍的艺术形式。它对材料的开发和利用也较为普遍，其材质的肌理、质感在装饰中也显得尤为重要。

　　首先，在装饰画创作中，对材料的运用显得相当重要。用什么样的材料做底，在什么样的材质上作画以及是用立粉的方式立线，还是掐铜线的方式立线等，这一切无不首先考虑到材料的运用。然而，材料的运用并不是无目的性的运用，它是需要选择的，根据画面的需要运用合适的材料。在选材中，重点要考虑材质肌理的问题。不同的材料都有不同的肌理质感，在装饰画中，材料肌理与质感显得非常重要，作为以装饰为主的画种，重在"装饰"。它是一种唯美的艺术，是一种大众化的艺术，审美的标准是符合大众化的"美"。所以作为装饰画给人的感觉应该是美的。而其材料肌理与质感却都是为"美"的标准服务的。在装饰画中，通过肌理质感的对比也能丰富画面，增强韵味。同时，通过肌理质感的对比还能更有效地突出画面的主次，拉开画面的节奏。同样，在色彩的对比中，运用肌理的关系，无形之中增加了色彩的变化，达到了丰富画面的效果。

　　其次，在工艺美术设计中，如漆艺、金属工艺、装饰木雕、编织等工艺制作中，材料的利用和制作更为重要，但如何熟练地发现材料，利用好材料，在工艺美术设计中应该放在首要的位置。对材料的发现和利用，除了物理与化学功能的研究外，更多的方面应该是属于材质的肌理和质感。材质的肌理和质感在工艺美术中除了审美的范畴外还有使用的功能。在一些工艺品的制作中，利用材料本身的肌理属性或人为地制作肌理，更能有效地丰富这些艺术品的造型，增加其美感，特别是在一些重要部位作一些肌理的装饰，更能强调其造型的特

征，突出了重点，真正起到了一种画龙点睛的效果。还有一些艺术品，制作时强调各种材质肌理的对比。这种对比的效果，给人的感觉层次感强，有很强的韵律感。还有一种效果就是全部用单一的肌理或相近的肌理进行全体的包装，这种制作方法在工艺品的制作中比较常见，给人的感觉是装饰味强，有很好的秩序感。另外，材质肌理在工艺品的制作中还有一定的使用功能，通过肌理指导或帮助人们去使用。例如：在产品上设计盲文，便于盲人使用，又具有装饰功能，条纹肌理便于人们去旋转。另外通过肌理能有效增大摩擦，使工艺品等不至于脱落摔坏等。这些肌理相应来说就具有很大的使用功能了。在色彩方面，有时肌理的运用，更能增加其色彩的效果，特别是在玻璃、钻石、宝石等艺术品中。在肌理的作用下通过光线照射，产生漫射，然后形成五光十色、光彩耀人的迷人色彩，这种美真是无法用言辞描述。

　　最后，在装饰艺术这个大空间中还包括许多其他方面，如在蜡染、陶艺、玻璃、木艺等方面的设计中，同样都大量地运用了材料的特性，自然或人为地创作了许多的肌理，用来丰富造型，增加美感等。这些就不一一说明了。总之，材质肌理在装饰艺术设计中，真可谓是无处不在，无时不有。但相反，材料使用不当，就会产生相反的感觉而影响人们的视线，给人一种"烦、乱、差"的感觉。关于运用的好坏，除了平时的经验与积累外，更多的是靠自己去学习，去研究。（如图3-1至图3-167）

图3-1

图 3-2

图 3-3

图 3-4

图 3-5

图 3-6

图 3-7

图 3-8

图 3-9

图 3-10 图 3-13

图 3-11

图 3-14

图 3-15

图 3-12

图 3-16

图 3-17

图 3-18

图 3-19

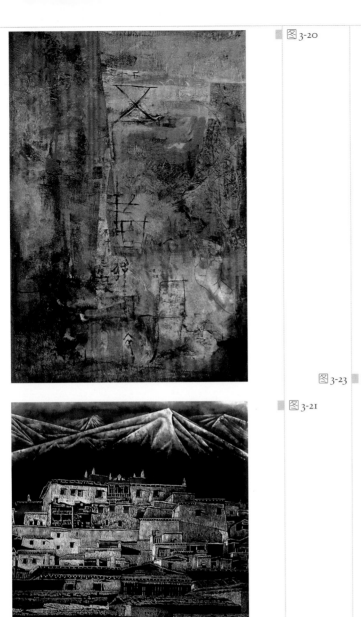

图 3-20

图 3-23

图 3-21

图 3-22

图 3-24

图 3-25

图 3-26

图 3-27

图 3-30

图 3-28

图 3-31

图 3-29

图 3-32

图 3-33

图 3-34

图 3-35

图 3-38

图 3-36

图 3-39

图 3-37

图 3-40

图 3-41

图 3-45
图 3-42

图 3-43

图 3-46
图 3-44

图 3-47

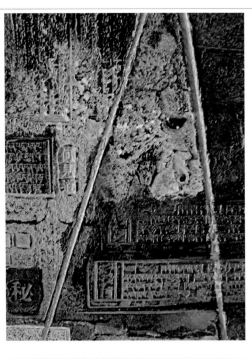

图 3-48

图 3-51

图 3-49

图 3-52

图 3-53

图 3-50

图 3-54

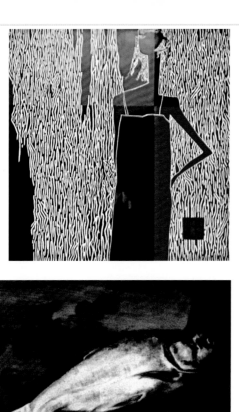

图 3-55

图 3-56

图 3-59

图 3-57

图 3-60

图 3-58

图 3-61

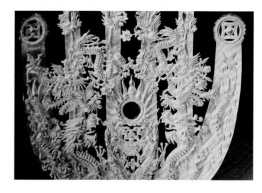

图 3-62

图 3-63

图 3-64

图 3-65

图 3-66

图 3-67

图 3-69

图 3-70

图 3-68

图 3-71

图 3-72

图 3-73

图 3-76

图 3-74

图 3-77

图 3-75

图 3-78

图 3-79

图 3-80

图 3-81

图 3-82

图3-83

图3-84

图3-85

图 3-86

图 3-88

图 3-89

图 3-87

图 3-90

图 3-91

图 3-92

图 3-93

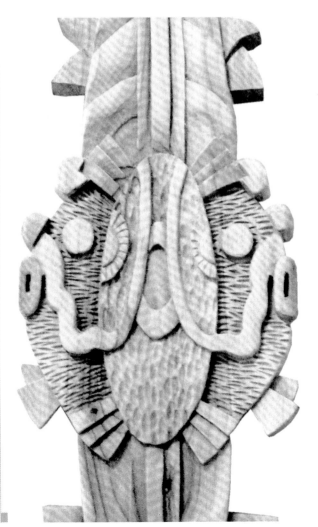
图 3-94

图 3-95

图 3-96

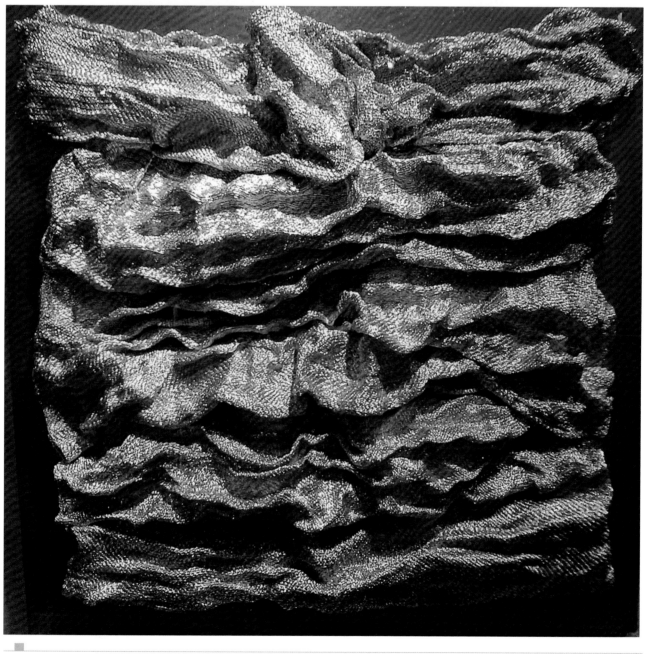

图 3-97

图 3-98

 图 3-99

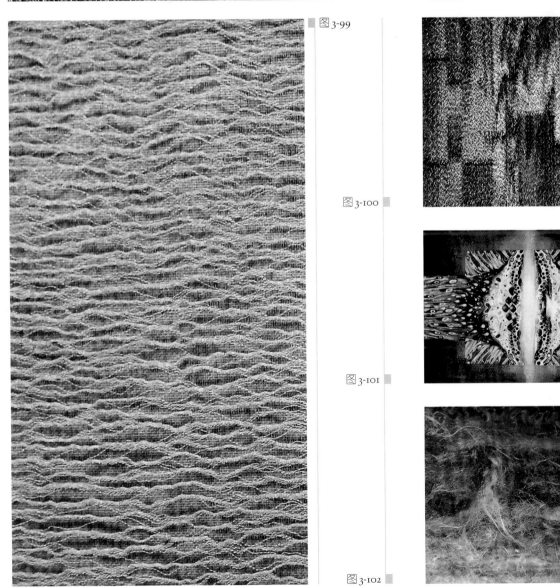

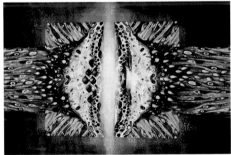

图 3-100

图 3-101

图 3-102

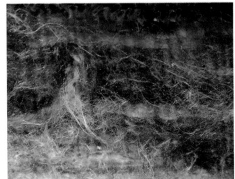

图 3-103

图 3-104

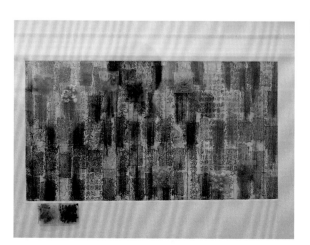

图 3-105

图 3-106

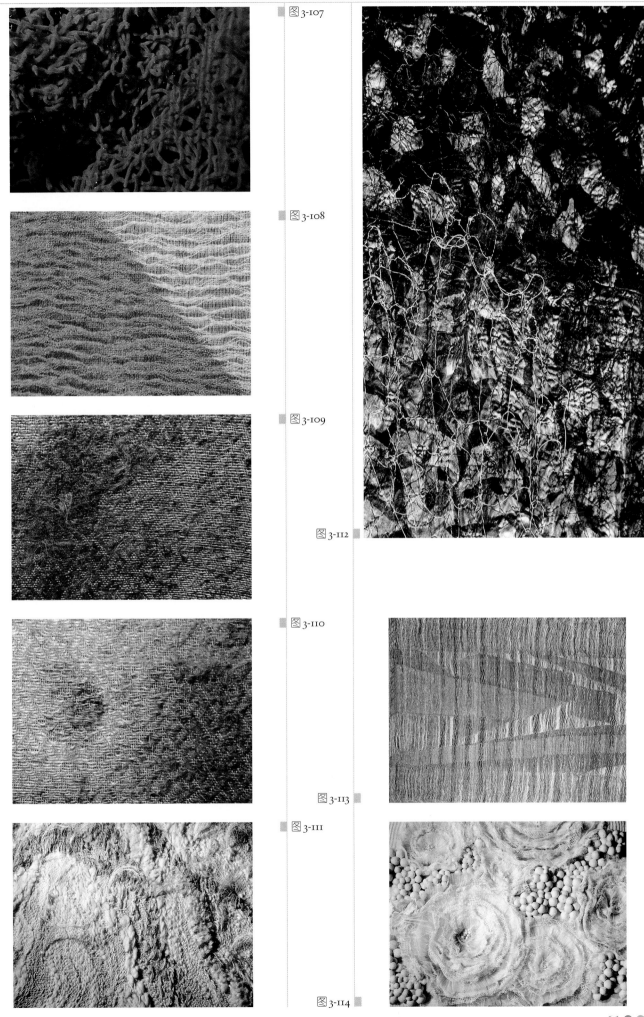

图 3-107

图 3-108

图 3-109

图 3-110

图 3-111

图 3-112

图 3-113

图 3-114

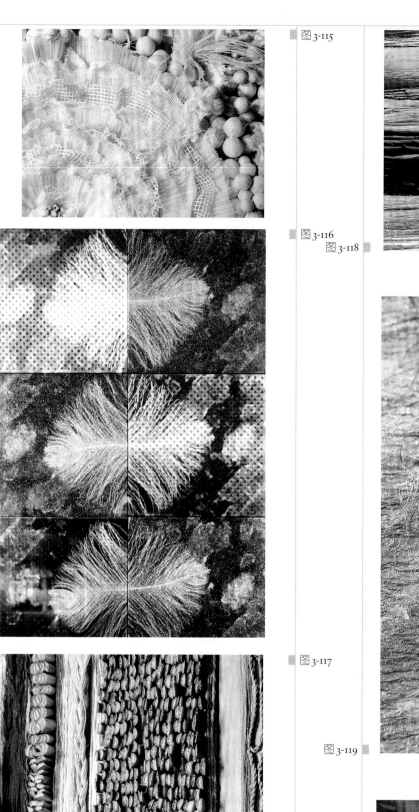

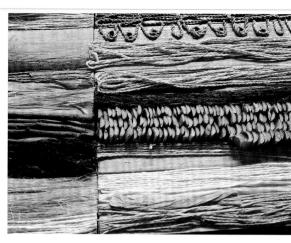

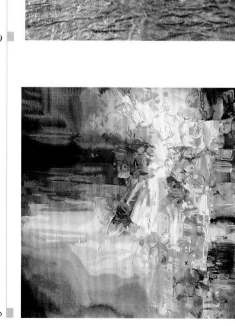

图 3-115

图 3-116

图 3-118

图 3-117

图 3-119

图 3-120

图 3-121

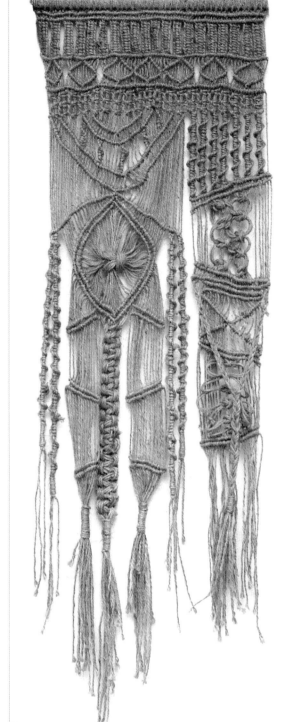

图 3-122

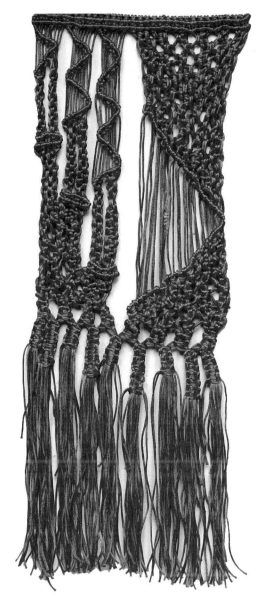

图 3-124

图 3-123

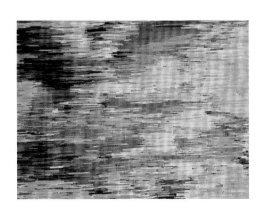

图 3-125

图 3-126

图 3-129

图 3-127

图 3-128

图 3-130

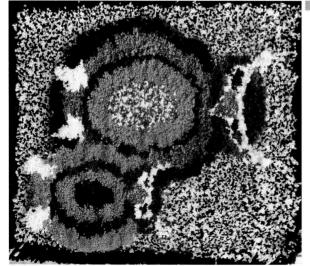

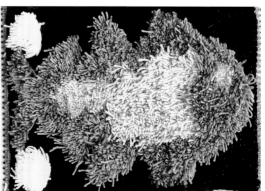

图 3-131

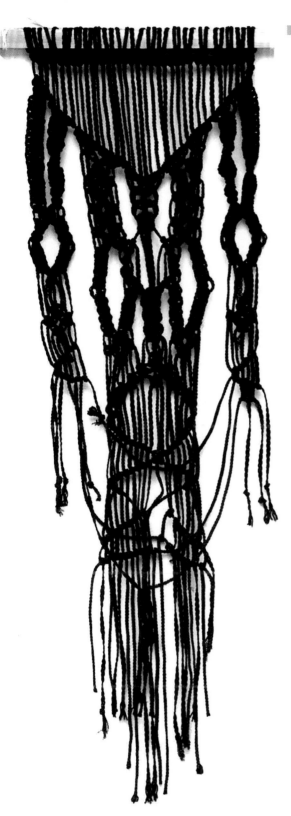

图 3-132

图 3-133

图 3-134

图 3-135

图 3-136

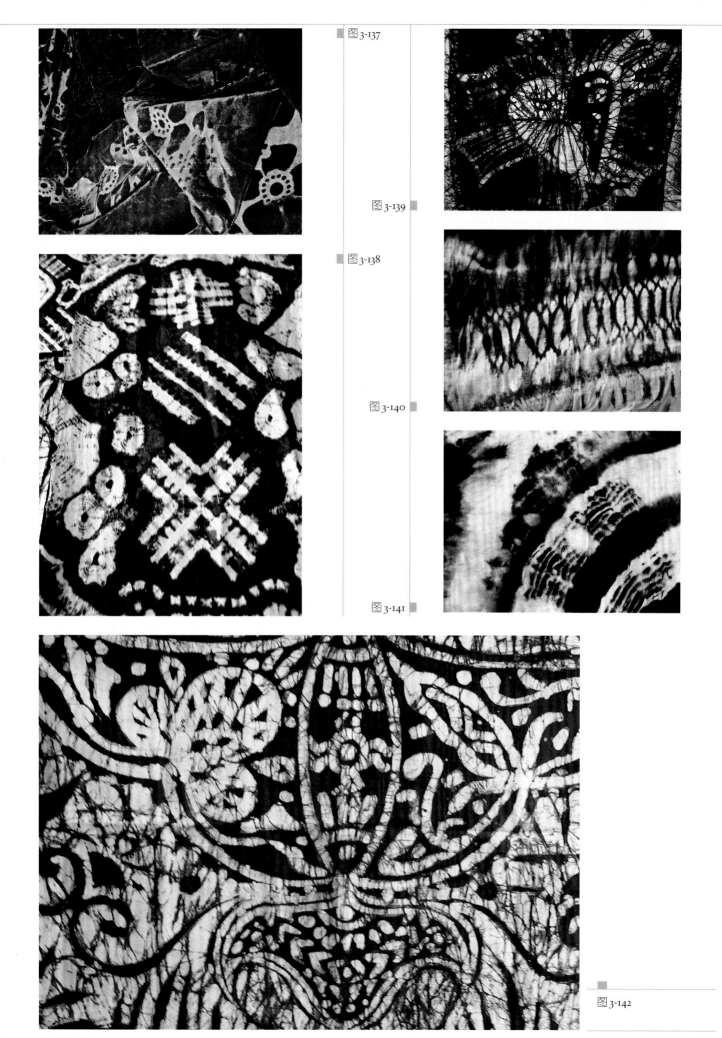

图 3-137

图 3-139

图 3-138

图 3-140

图 3-141

图 3-142

图3-143

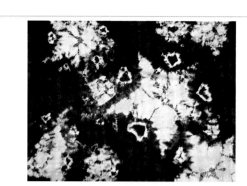

图3-147

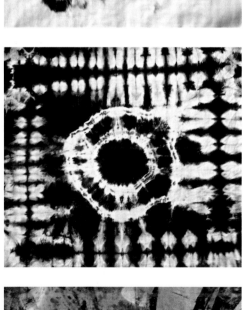

图3-144

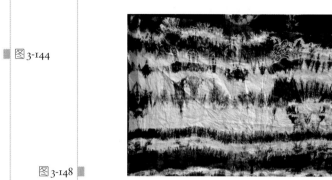

图3-148

图3-145

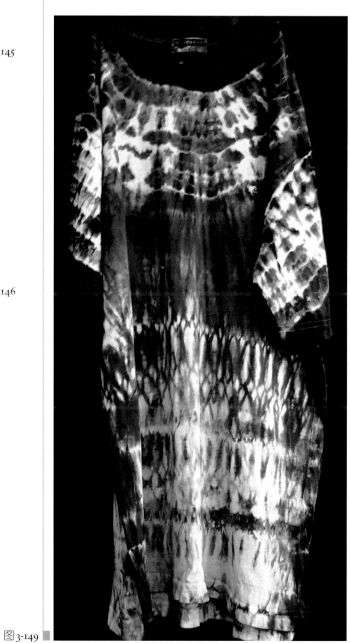

图3-146

图3-149

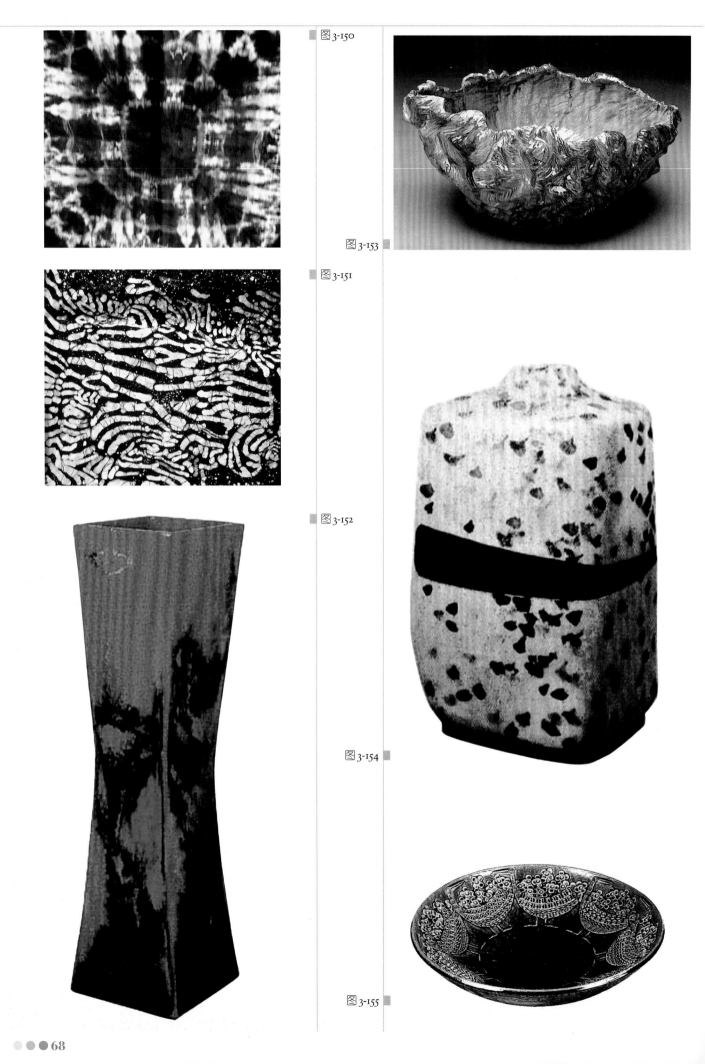

图 3-150

图 3-151

图 3-152

图 3-153

图 3-154

图 3-155

图 3-156

图 3-159

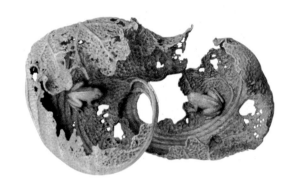

图 3-160

图 3-157

图 3-158

图 3-161

图3-162

图3-163

图3-165

图3-164

图3-166

图3-167

第二节　材质肌理在广告装潢设计方面的运用

　　广告、装潢设计是与我们现在生活接触比较密切的专业，这两个专业以实用为基础，时代性强，在现代主要泛指广告设计、海报、影视广告、媒体广告、报纸广告、商品包装、书籍装帧、各种视觉图形的设计、标志等平面设计。在现代社会，信息的传达与接受、商品的流通、销售与消费都需要以视觉传达设计为主旨的设计为媒介。作为视觉的传达，材质肌理质感在其中的利用是比较重要的。

在广告装潢设计当中，其中的关系主要体现在几个方面：

1.通过肌理的处理，更增加其视觉的冲击力，作为一种视觉传达的艺术种类，视觉的冲击力越强给人的震撼力也就越强，无形之中起到了一种加强人的印象的作用。

2.通过肌理的处理，从审美的角度讲，有时更有效地丰富了画面的效果。在许多的平面设计作品中，特别是背景的处理中，大量运用肌理的效果，这样有效地丰富了画面的效果，突出了主题，增强了画面的整体效果，降低了背景色彩的纯度，拉开了画面色彩的层次。

3.通过肌理的夸张处理，在画面中起到了一种强调的作用，吸引人的视线，形成画面的视觉焦点，有点睛的作用。

4.在大量的广告中真实地运用材质的肌理、质感等效果，除了有一种丰富画面的作用外，还有尽量还原现实生活的作用，"来源于生活而又还原于生活"，能让人一目了然，达到一种特别直接的效果。当然，它们之间的关系可能远远不止这些。然而，反过来说，没有运用肌理效果的广告与装潢设计作品也大有存在，它主要通过色块、文字、分割等方式来构成，也能达到另外一种效果，在此不作说明。当然，作为视觉传达的艺术，乱用肌理效果产生副作用的作品也大有存在。怎样才能运用好，这就需要靠平时的积累与学习了。(如图3-168至图3-204)

图3-169

图3-170

图3-168

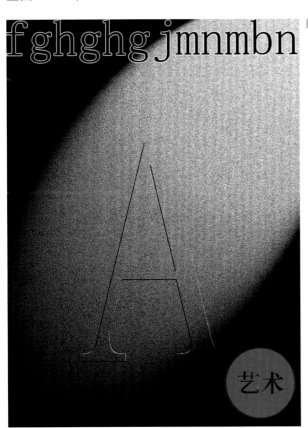

图3-171

图 3-172

随心所欲 想换就换

租车就像女人换衣服，喜欢哪件换哪件！

不同的颜色，不同的款式，不同的场合，不同的需要，租赁首汽的车，能满足你的需求，并让你省心、放心、舒心。

北京首汽租赁有限责任公司

图 3-174

图 3-173

图 3-175

云南重彩展

主办单位
广西艺术学院设计系
时间：二〇〇一年十一月七日
地点：广西艺术学院美术馆

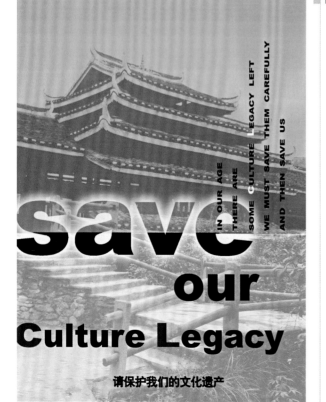

save our Culture Legacy

IN OUR AGE THERE ARE SOME CULTURE LEGACY LEFT WE MUST SAVE THEM CAREFULLY AND THEN SAVE US

请保护我们的文化遗产

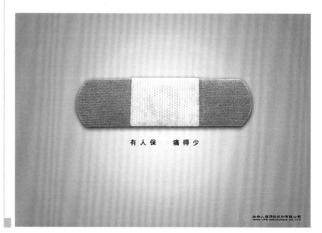

有人保 痛得少

生命人寿保险股份有限公司
SINO LIFE INSURANCE CO.,LTD.

图 3-176

图 3-177

图 3-178

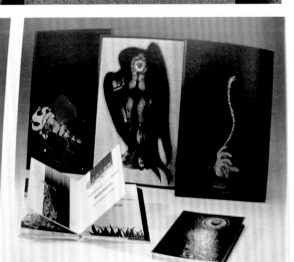

图 3-179

图 3-180

中国美术馆藏近现代名家作品系列展（一）

图 3-181

图 3-184

图 3-182

图 3-185

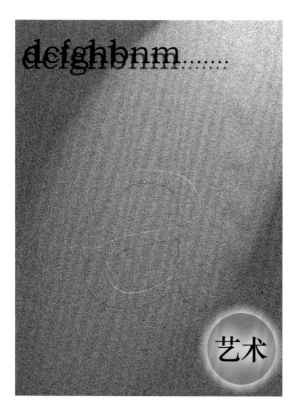

图 3-183

图 3-186

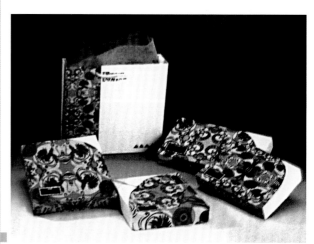

图 3-187

图 3-188

图 3-191

图 3-189

图 3-192

图 3-190

图 3-193

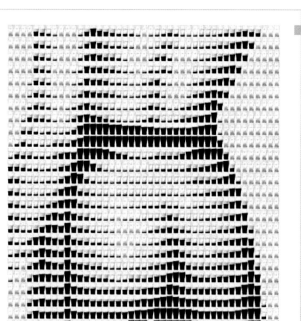

WHAT'S ON YOUR MIND?

图 3-194

图 3-195

图 3-196

图 3-197

图 3-198

图 3-199

图 3-200

图 3-202

图 3-203

图 3-201

图 3-204

第三节　材质肌理在服装设计方面的运用

在服装设计中，布料的肌理、质感、图形、纹样是设计师必须考虑的要素，它直接关系到设计的成败与否。

作为一名优秀的服装设计师，在设计和制作服装时，他一定会注重面料的肌理质感设计，考虑如何让它们在服装中起到点缀的作用。有时面料的肌理不够时，设计师们就会巧妙地运用一些服饰肌理纹样作为一种补偿，从而达到最佳的效果。在传统的服装中，特别是一些民族服装，利用服饰肌理，如图形、纹样等作为搭配比较多见。在现代的服装设计中，把肌理作为一种设计元素的现象尤为多见，例如在一些布上运用小碎花作为肌理。还有一些布料或饰物等，直接通过纺织或编织，织成不同的肌理效果等。这些均大大地丰富了布料或服饰等在服装设计中的表现力。另外，在服装的一些局部地方运用肌理的方式，往往能更有效地突出主体部位，使主体部位更加显得精致。同时通过色彩的小点、小图形或纹样进行点缀，除了能更有效地丰富色彩外，还有一种视觉调节的功能能从整体上达到最佳的效果。当然，事物的发展是两面性的，设计的最终结果，取决于设计师，以及人们的欣赏水平。(如图3-205至图3-221)

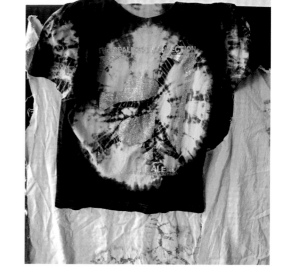

图3-206

图3-205

图3-207

图3-208

图 3-209

图 3-210

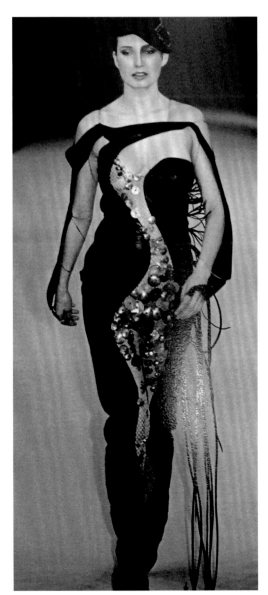

图 3-211

图 3-212

图 3-213

图 3-214

图 3-215

图 3-216

图 3-219
图 3-217

图 3-220
图 3-218

图 3-221

第四节 材质肌理在环境设计方面的运用

环境艺术设计主要分为室内艺术设计与室外景观艺术设计，其各种材质的运用，随处可见。设计师必须把握好对各种材质肌理的感觉。

对于环境艺术设计的学生来说，对材料的学习和研究是他们的必修课。设想一下，如果一位环境艺术设计师不能很好地了解材料的性能、质感和肌理等，他能设计好一个空间吗？毫无疑问这是不可能的。只有把握好材料的各个方面，你才能有效地利用材料，充分地发挥材料的特性，创造出更加优秀的作品，否则，只能是利用材料的叠加，形成一堆垃圾而已。在一个空间的具体实施中，聪明的设计师很会运用各种材料的肌理或制作材料肌理形成各种肌理的对比，不仅丰富了空间，而且也协调了整个空间，达到了一种和谐的效果。作为一个空间的设计，一般都比较大，为了不让空间显得空而单调，设计师们往往会考虑到运用肌理的方式弥补这一不足，从而达到丰富空间的目的。有时，还可以通过肌理的方式增加空间的立体感，从而达到增大空间层次的目的。（如图 3-222 至图 3-246 ）

图 3-223

图 3-222

图 3-224

图 3-225

图 3-227

图 3-226

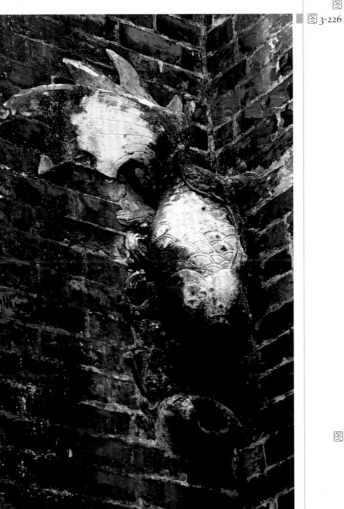

图 3-228

图 3-229

图 3-231

图 3-230

图 3-232

图 3-233

图 3-234

图 3-237

图 3-235

图 3-238

图 3-236

图 3-239

图 3-240

图 3-241

图 3-244

图 3-242

图 3-245

图 3-243

图 3-246

第五节 材质肌理在其他设计方面的运用

材质肌理除了在以上方面的运用外，广泛地运用在动画设计、工业设计和展示设计等方面，效果都很不错。

总的来说，材质肌理作为设计的一个重要元素，在设计运用中起到了丰富造型、突出重点和增加色感等作用。通过肌理，有时还能具有一定的实用功能或起到一种保护的作用。(如图 3-247 至图 3-309)

图 3-247

图 3-250

图 3-248

图 3-251

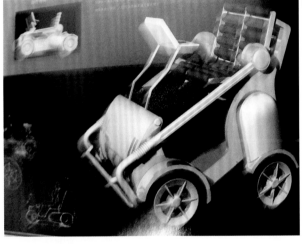

图 3-249

图 3-252

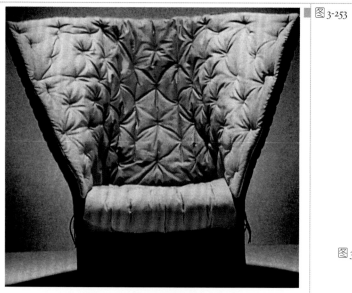

图 3-253

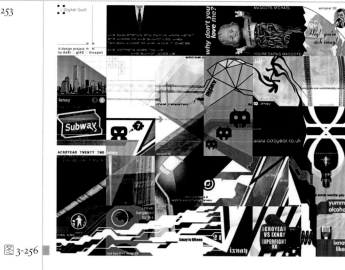

图 3-256

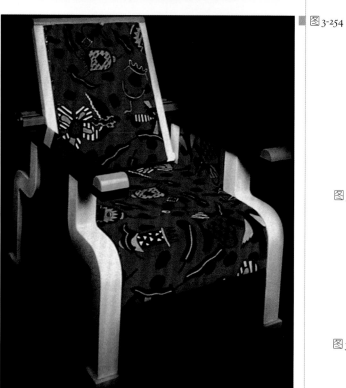

图 3-254

图 3-257

图 3-258

图 3-255

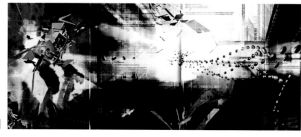

图 3-259

图 3-260

图 3-261

图 3-265

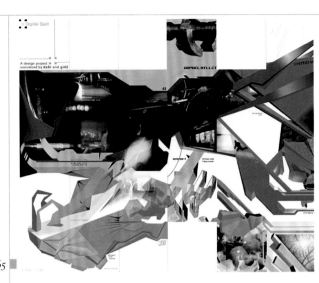

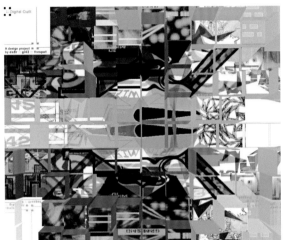

图 3-262

图 3-266

图 3-263

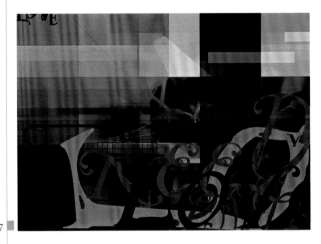

图 3-267

图 3-264

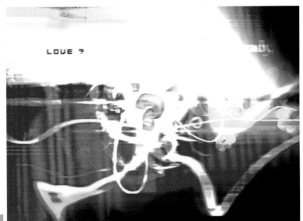

图 3-268

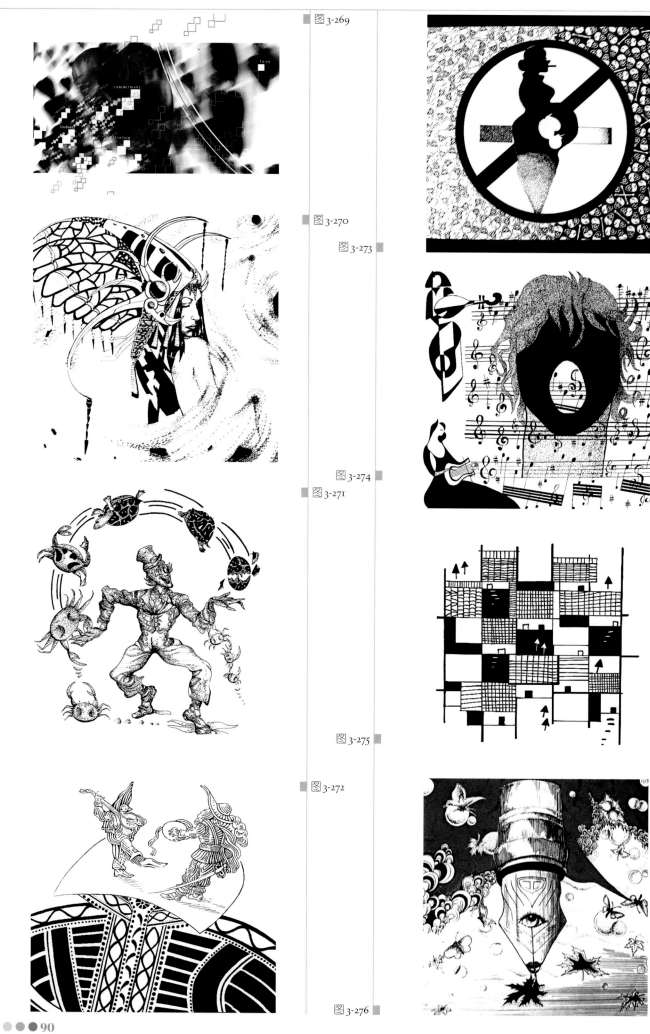

图 3-269

图 3-270

图 3-273

图 3-271

图 3-274

图 3-275

图 3-272

图 3-276

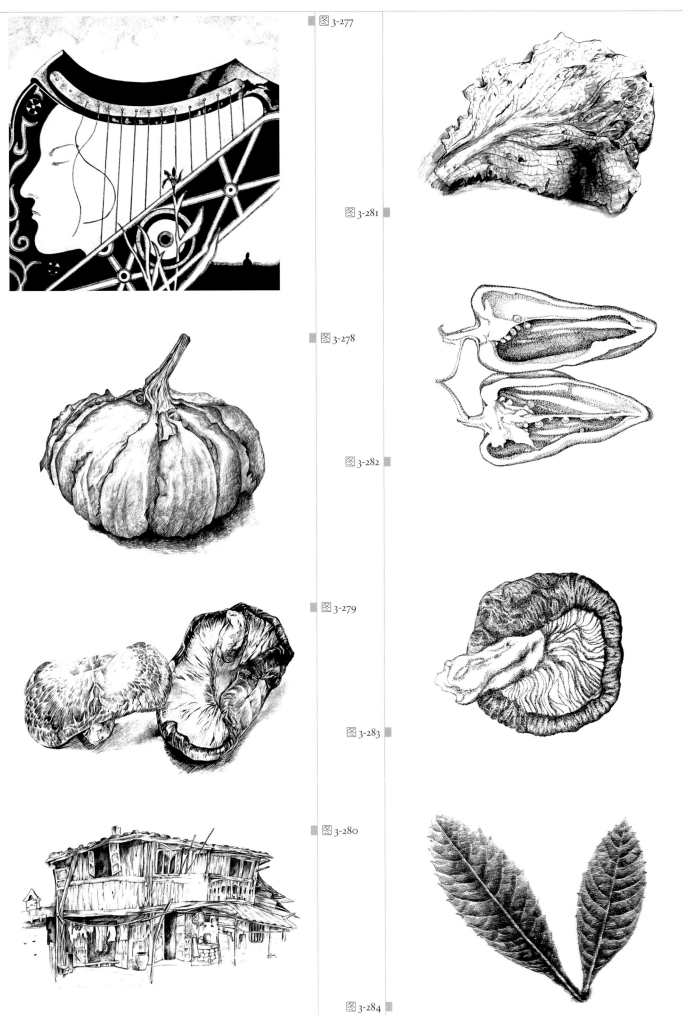

图 3-277

图 3-278

图 3-279

图 3-280

图 3-281

图 3-282

图 3-283

图 3-284

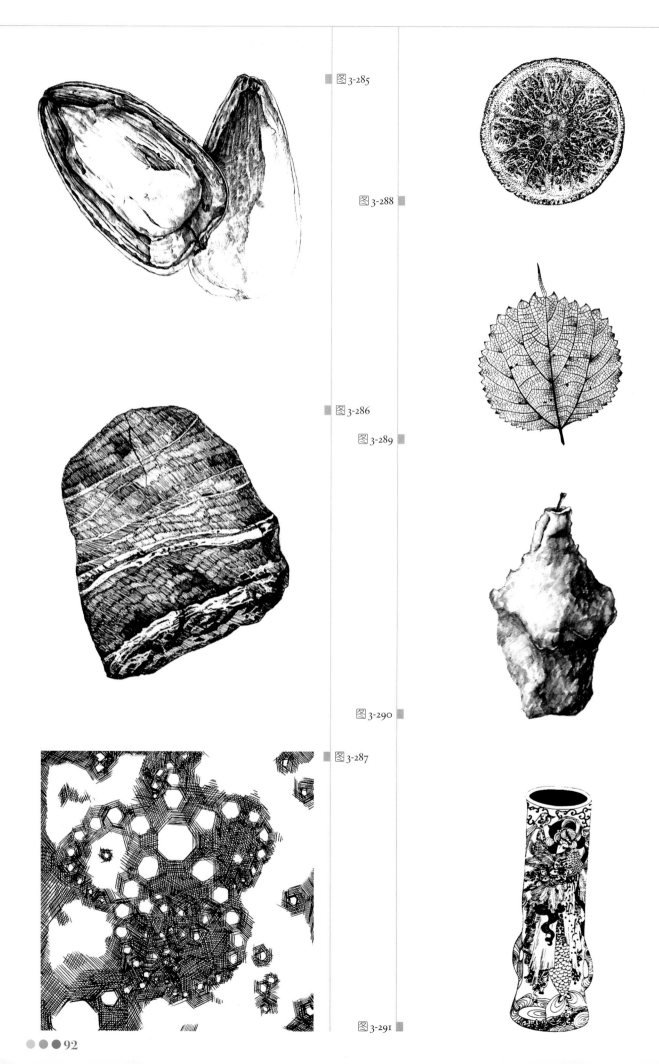

图 3-285

图 3-288

图 3-286

图 3-289

图 3-290

图 3-287

图 3-291

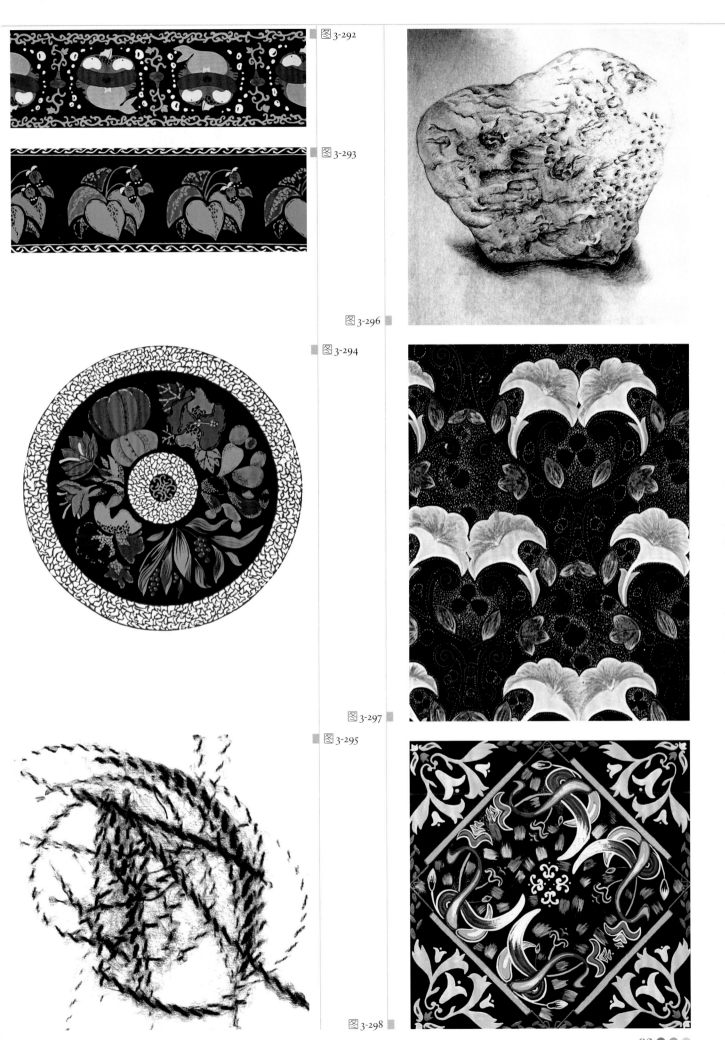

图 3-292

图 3-293

图 3-296

图 3-294

图 3-297

图 3-295

图 3-298

图3-299

图3-300

图3-301

图 3-302

图 3-303

图 3-304

图 3-305

图 3-306

图 3-307

图 3-308

图 3-309

图书在版编目（CIP）数据

肌理材质／陆红阳，喻湘龙主编．—南宁：广西美术出版社，2005.2
（现代设计元素）
ISBN 7-80674-934-9

Ⅰ.肌… Ⅱ.①陆…②喻… Ⅲ.艺术—设计
Ⅳ.J06

中国版本图书馆CIP数据核字（2005）第010746号

现代设计元素·肌理设计

艺术顾问／柒万里　黄文宪　汤晓山
主　　编／喻湘龙　陆红阳
编　　委／汤晓山　喻湘龙　陆红阳　黄卢健　黄江鸣　江　波　袁晓蓉　李绍渊　尹　红
　　　　　李梦红　汪　玲　熊燕飞　陈建勋　游　力　周　洁　全　泉　邓海莲　张　静
　　　　　梁玥亮　叶颜妮
本册著者／李梦红
出 版 人／伍先华
终　　审／黄宗湖
图书策划／苏　旅　姚震西　杨　诚　钟艺兵
责任美编／陈先卓
责任文编／符　蓉
装帧设计／八　人
责任校对／陈宇虹　黄雪婷　尚永红
审　　读／林柳源
出　　版／广西美术出版社
地　　址／南宁市望园路9号
邮　　编／530022
发　　行／全国新华书店
制　　版／广西雅昌彩色印刷有限公司
印　　刷／深圳雅昌彩色印刷有限公司
版　　次／2006年9月第1版
印　　次／2006年9月第1次印刷
开　　本／889mm × 1194mm　1/16
印　　张／6
书　　号／ISBN 7-80674-934-9/J·623
定　　价／36.00元